PWY YW'R CŴN CYFRWYS?

MAE PAWB YN GWYBOD MAI CI YW CYFAILL PENNAF DYN. ERS MILOEDD O FLYNYDDOEDD, MAE CŴN WEDI ...

... EIN HELPU I HELA ANIFEILIAID AM FWYD.

... EDRYCH AR ÔL EIN HANIFEILIAID A GWARCHOD EIN TAI.

... HELPU'R HEDDLU I DDAL DIHIROD.

... ACHUB POBL AR ÔL CWYMP EIRA NEU DDAEARGRYN.

OND ERBYN HYN, DYDI PETHAU
DDIM MOR SYML.

MAE LARYMAU A CCTV YN
GWARCHOD EIN TAI.

BYDDWN YN PRYNU BWYD
O'R ARCHFARCHNAD YN LLE
HELA ANIFEILIAID.

MAE CAMERÂU ARBENNIG AR GYFER
DOD O HYD I BOBL SYDD AR GOLL.

MAE POBL WEDI DOD YN
LLAWER MWY CLYFAR ...

... AC MAE'R CŴN HEFYD!

FELLY, PAN FYDDWN
MEWN PERYGL, MAE'N
AMSER GALW AR Y ...

PENCI
Y PEN-CI!

FFLEI
MAE'N CADW LLYGAD
AR BOPETH

MEISTR YI
ARBENIGWR
TAEKWONDO

Eisteddai'r gath ar y mat.

Doedd hi ddim eisiau bod yno. Roedd hi'n crynu.
Nid oherwydd yr oerfel, ond oherwydd bod arni hi
ofn … ofn ei meistr oedd yn aros amdani yr ochr arall
i'r drws.

Ond yn fwy na hynny, ofn sut y byddai'r meistr yn ymateb i'r newyddion oedd ganddi.

Ceisiodd y gath gofio sawl un o'i naw bywyd oedd ganddi hi ar ôl ... rhag ofn. Anadlodd yn ddwfn cyn estyn ei phawen i grafu'r drws.

Atseiniodd y floedd ar hyd y dyffryn dirgel nes bod yr eira ar y mynyddoedd yn crynu.

Llyncodd y gath ei phoer. Sut wyddai'r meistr ei bod hi y tu allan? Gan grynu fel deilen, saethodd i mewn trwy'r drws.

Sgrechiodd Crafangfawr mewn gwylltineb.
"Y cnafon yna eto! Dwi'n casáu'r Cŵn Cyfrwys!"
Gwasgodd ei bawen ar y botwm, a theimlodd y
negesydd druan y llawr o dan ei thraed yn diflannu,
a chofiodd yn sydyn mai dim ond un bywyd oedd
ganddi hi ar ôl.

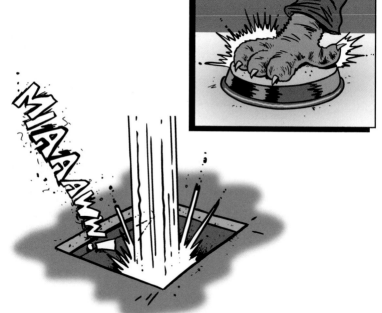

Ar ôl i'r sgrech ddistewi, eisteddodd Crafangfawr
yn ôl ar ei orsedd. "Canthrig!" galwodd. "Ble rwyt ti,
fy ngwas ffyddlon?"

Eisteddai Celt yn yr arhosfan bws gerllaw lloches cŵn y dref yn darllen ei bapur.

Roedd Celt wrth ei fodd yn darllen am y Cŵn Cyfrwys. Roedd eu hanturiaethau dewr a'u peiriannau anhygoel wedi'u gwneud yn fyd-enwog. Doedd neb yn gwybod pwy oedd y Cŵn Cyfrwys, nac o ble roedden nhw'n dod. Ond pryd bynnag y byddai pobl angen help, byddai'r Cŵn Cyfrwys yno i'w hachub a gwneud i'r dihirod ddifaru eu bod wedi codi o'r gwely.

Maen nhw'n sicr yn byw bywydau cyffrous, meddyliodd Celt. *Mwy cyffrous na fy mywyd i, beth bynnag. Mi hoffwn i fyw bywyd tebyg!*

Digywilydd braidd, meddyliodd Celt. *Mi ddangosa i iddyn nhw.* Cododd y bêl. "Gwyliwch hyn!" gwaeddodd.

Syrthiodd Celt yn glewt ar y llawr, ac ysgwyd y llwch oddi ar ei gôt. Syllodd y cŵn eraill arno mewn rhyfeddod. Roedd Celt yn teimlo'n falch iawn o'i hun, yn enwedig pan ddaeth gast hardd ato am sgwrs.

Gwingodd Celt. "Pla? Ych-a-fi! Fel pla o chwain ar gi strae!"

Syllodd Sali'n drist. "Ci strae ydw i. Dyna pam rydw i yma."

"Wel, nid pob ci strae, wrth gwrs!" meddai Celt yn gyflym. "Dwi'n siŵr nad oes gen ti chwain, Sali ... go drapia, fi â 'ngheg fawr eto ..."

"Paid â phoeni," meddai Sali'n siriol.

"Mae'n rhaid bod bywyd yn galed yn fan'na," meddai Celt, gan geisio newid trywydd y sgwrs. "Wyt ti'n cael ambell gyfle i fynd allan?"

Gwenodd Sali arno. "Ambell waith. Dwyt ti ddim yn gi strae, felly?"

Ysgwydodd Celt ei ben. "Ci gwarchod yn y dociau ydw i," meddai'n falch. "A dyna fo'r bws," ychwanegodd wrth weld y cerbyd yn y pellter.

Eisteddodd Celt yn ei sedd, ac aeth y bws ar ei daith.

Gwyliodd Sali'r bws wrth iddo adael. "Welaist ti'r ffordd roedd o'n trin y bêl yna? Mi fedrai o fod yn ddefnyddiol iawn i ni."

"Dim ond ci drain ydi o," meddai Penci wrth grafu'i glust gyda'i bawen. "Anghofia amdano."

"Wyddost ti ddim," meddai Sali. "Mae rhywbeth yn
dweud wrtha i y gwelwn ni o eto … yn fuan iawn …"

"Gest ti'r papur, Celt? Dyna gi da!"

Edrychodd Celt i fyny wrth glywed galwad Ffred Bach, a rhedodd ar draws y doc at y gwyliwr nos.

Gollyngodd Celt y papur wrth droed Ffred Bach, ac edrychodd y gwyliwr nos ar y penawdau. "Y Cŵn Cyfrwys, ie? Mi fydden nhw'n ddefnyddiol iawn ar noson fel heno."

Dechreuodd Celt gyfarth mewn cyffro.

"Celt, hisht! Taw pia' hi, cofia! Dy swydd di ydi amddiffyn y llong, ac os gweli di rywun yn ymddwyn yn amheus – yn llechu'n y cysgodion neu'r math yna o beth – cofia gyfarth ac mi ddo' i draw ar frys!"

Cyfarthodd Celt eto.

"Dyna ti," meddai Ffred Bach. "Yn union fel yna. On'd wyt ti'n gi da!" meddai gan roi mwythau i Celt.

MI FYDDWN I'N TAERU WEITHIAU EI FOD O'N DEALL POB GAIR DWI'N EI DDWEUD.

Camodd Celt at y bont a arweiniai o'r doc at y llong ac eisteddodd i lawr. Roedd hi'n dywyll, a'r lleuad newydd yn bwrw cysgodion dirgel ar hyd y doc.

Roedd Celt yn gi gwarchod cydwybodol iawn. Byddai ambell gi gwarchod arall wedi dod o hyd i gornel gynnes i gysgu ynddi. Ond nid Celt. Chwiliodd bob twll a chornel o'r dociau, ond ni welodd neb yn ymddwyn yn amheus, felly dechreuodd fartsio i fyny ac i lawr wrth y bont. Pum cam i'r dde ... pum cam i'r chwith ... drosodd a throsodd ...

Roedd Celt mor brysur yn martsio, wnaeth o ddim sylwi ar y degau o barau o lygaid yn syllu arno. Wnaeth o ddim sylwi ar y siapiau cudd yn llithro o gysgod i gysgod. Wnaeth o ddim sylwi ar y pawennau tawel yn symud ar hyd y doc tuag ato.

Ond yna ...

Cyn i Celt fedru cyfarth i rybuddio Ffred Bach, stwffiodd y cathod belen o wlân i'w geg, a gwichiodd Celt fel llygoden fach.

Caeodd Celt ei lygaid, ac aros am yr ergyd – ond ddaeth hi ddim.

Yn sydyn, clywodd Celt udo gwallgo, ac o'r tywyllwch ymddangosodd y gath fwyaf, ffyrnicaf a welodd Celt erioed. Neidiodd ar y gath a waeddodd ar Celt a'i tharo i'r llawr.

27

Pwyntiodd y gath goch at Celt. "Clymwch y mwngrel a'i gario ar y llong! Byddwch yn barod i hwylio!"

Ceisiodd Celt ddod yn rhydd, ond roedd y cathod yn rhy gryf. Roedd y clymau'n rhy dynn, a'r cathod yn gwenu wrth weld Celt yn griddfan mewn poen. Yna, cododd y cathod Celt fel sach o datws a'i gario dros bont y llong.

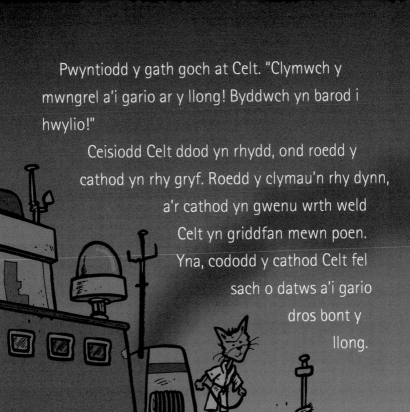

RWYT TI'N GARCHAROR BELLACH. CARCHAROR LWCUS HEFYD. DYDI PAWB DDIM YN DDIGON FFODUS I GAEL EU CIPIO GEN I – CAPTEN CRAFANC – UN O WEISION FFYDDLON CRAFANGFAWR, Y GATH FWYAF PWERUS A DIEFLIG YN Y BYD I GYD!

Maen nhw wedi tanio'r injan! Maen nhw'n mynd i ddwyn y llong! Rhaid mai fi ydi'r ci gwarchod cynta erioed i golli llong gyfan! meddyliodd Celt dan wingo mewn poen.

Wrth i'r llong lithro'n bellach o'r doc, gwyliodd Celt mewn anobaith wrth i'r doc a Ffred Bach fynd yn llai ac yn llai. Clywodd waedd yn y pellter wrth i Ffred Bach redeg o'i gwt dan chwifio'i freichiau'n wyllt. Ceisiodd Celt gyfarth i'w rybuddio, a llwyddodd i boeri'r gwlân allan o'i geg. Ond roedd hi'n rhy hwyr.

"Gwranda'r mwngrel!" ysgyrnygodd Capten Crafanc. "Mae'n siŵr dy fod yn meddwl pam ein bod ni wedi dwyn y llong yma. Wel, yn ôl Crafangfawr, mae'n llawn o offer ar gyfer y Cŵn Cyfrwys! A rŵan, ni sydd bia' popeth!"

Suddodd calon Celt wrth glywed y cathod yn chwerthin. Roedd ei arwyr ar fin colli eu holl offer cyfrinachol. Sut fedren nhw achub pobl heb yr offer? Ei fai o fyddai'r cwbl!

"Ond does dim angen i ti boeni am hynny, Celt," chwyrnodd Capten Crafanc, "oherwydd fyddi di ddim yma. Pan fyddwn ni'n ddigon pell o'r tir, bydd yn rhaid i ti gerdded y planc!"

Crynai Celt mewn ofn. Pam roedd rhaid i hyn ddigwydd iddo fo, o bawb? Syllodd i lawr ar y dyfnderoedd. Roedd y dŵr yn bell oddi tano, a'r tir sych hyd yn oed yn bellach oddi wrtho. Roedd Celt yn nofiwr da iawn, ond fedrai o ddim mynd yn bell gyda'r rhaff yn dynn o gwmpas ei wddf. Yna, gwelodd dair asgell drionglog yn torri'n llyfn trwy'r dŵr. Siarcod!

Chwyrnodd Celt trwy'i ddannedd. Doedd fiw iddo adael i'r cathod wybod bod arno fo ofn. Syllodd i fyw eu llygaid.

Yn sydyn, stopiodd y cathod chwerthin. Mewn syndod, edrychodd Celt i fyny, a gwelodd long arall yn hwylio ar y dyfroedd tywyll tuag ato. Roedd yn symud yn sydyn iawn. Dechreuodd y cathod fewian yn afreolus a chwifio eu pawennau yn yr awyr.

Y PENFRAS! MAE'R CŴN CYFRWYS AR EIN HOLAU! PAWB YN ÔL I'W SAFLEOEDD, I FFWRDD Â NI!

"Y Cŵn Cyfrwys!" ebychodd Celt mewn llawenydd. "Maen nhw wedi dod i fy achub!" Ond wnaeth y llawenydd ddim para'n hir. Ysgwydodd y llong wrth i'r injan danio, a bu bron i Celt syrthio oddi ar y planc i'r dyfnderoedd. Clywodd sŵn yr injan yn mynd yn gryfach ac yn gryfach, a theimlodd y llong yn symud yn gynt ac yn gynt ...

Ond roedd y llong arall hyd yn oed yn gyflymach.
Saethai fel llysywen drwy'r dŵr, gan ddod yn nes ac
yn nes ...

Cyn i Celt godi ar ei draed, teimlodd y llong yn gwyro'n sydyn i'r dde, a syrthiodd yn fflat ar ei drwyn ar y planc. Rowliodd o un ochr i'r llall wrth i'r llong droi a throsi'n wyllt ar y tonnau. Ond yna, wrth i'r llong rowlio'n sydyn i'r chwith, syrthiodd Celt dan udo oddi ar y planc, a dim ond ei goesau i'w ddal.

Ond roedd ei goesau'n llithro. Damaid wrth damaid, fodfedd wrth fodfedd. Edrychodd i lawr ar y dŵr oer a'r siarcod milain, llwglyd islaw, a gwyddai na fedrai ddal yn llawer hirach.

GOBEITHIO NAD YDI'R SIARCOD YNA'N HOFFI BWYD CI! AC OS YDYN NHW AM FY MWYTA, GOBEITHIO Y BYDDAN NHW'N SÂL FEL CI WEDYN!

Yn sydyn, collodd ei afael ar y planc. Ond wnaeth o ddim taro'r dŵr. Syrthiodd ar rywbeth llawer caletach – llong y Cŵn Cyfrwys!

Eisteddodd Celt i fyny. Roedd ei ben yn troelli a'i olwg yn niwlog. Daeth rhywun ato a phlygu drosto. Ar yr olwg gynta roedd yn edrych fel yr ast hardd a welodd yn y lloches. Ond na ... rhaid ei fod yn breuddwydio ...

Edrychodd Celt i fyw ei llygaid. Ceisiodd ddweud rhywbeth dewr ac arwrol, ond y cyfan ddaeth allan oedd "Ydw, am wn i." Yna aeth popeth yn ddu.

Daeth Celt ato'i hun mewn stafell wen, lachar.
Roedd y golau'n gwneud i'w ben frifo.

Ceisiodd Celt eistedd i fyny, gan riddfan mewn poen.

"Rhaid i ti orffwys ychydig," meddai'r ferch.
"Mi gest ti ergyd ddrwg ar dy ben." Cododd Celt oddi ar y bwrdd. "Sioned ydw i. Fi sy'n gofalu amdanat ti.

Mi gei di aros yma nes byddi di'n teimlo'n well. Yn y cyfamser, mi all Sali fynd am dro hefo ti."

Gwenodd Sali'n garedig ar Celt. "Ty'd yn dy flaen!"

Rhythodd Celt arni. Yn sydyn, daeth popeth yn glir yn ei feddwl unwaith eto. Roedd y Cŵn Cyfrwys wedi'i achub rhag y cathod ar y llong. "Roeddet ti ar y llong!" gwaeddodd mewn cyffro. "Y llong aeth ar ôl Capten Crafanc a'i giwed!"

Edrychai Sali'n anghysurus. "Efallai fod y lwmp yna ar dy ben yn gwneud i ti weld pethau ..."

Ysgwydodd Celt ei ben. "Na, dwi'n *siŵr* mai ti oedd hi! Ond os nad wyt ti'n un o'r Cŵn Cyfrwys, sut wnes i gyrraedd yma?"

"Y Cŵn Cyfrwys ddaeth â ti yma," esboniodd Sali. "Dyma'r lle gorau i ti wella ar ôl yr anffawd."

"Wel, ie, am wn i," meddai Celt trwy'i ddannedd. "Ond dydi hynny ddim yn esbonio pam roeddet ti ar y llong wnaeth fy achub i."

"Wel, pam na wnei di aros nes daw teulu bach dymunol i ofalu amdanat ti 'te?" awgrymodd Sali.

Ond roedd Celt yn styfnig. "Na," meddai. "Dwi'n gwybod mai ti oedd ar y llong! Dydw i ddim am adael nes y bydda i'n gwybod yn union be ddigwyddodd, a phwy'n union wyt ti."

Ochneidiodd Sali. "Dwi wedi bod yn poeni am hyn." Estynnodd am ei ffôn.

HELO, PENCI. MAE 'NA BROBLEM FECHAN YN ANFFODUS. MAE CELT WEDI 'NGWELD I AR Y LLONG. FE ALLAI HYN CHWALU'R GYFRINACH. DWI AM DDOD Â FO ATAT TI.

Edrychodd Celt ar Sali mewn penbleth. Pwy oedd Penci, ac i ble roedd Sali am fynd â fo?

"Ty'd, Celt!"

Ychydig yn bryderus, dilynodd Celt. Gwasgodd
Sali fotwm mawr ar y wal.

Dechreuodd y meistr grafu breichiau ei orsedd yn wyllt. "Y ffŵl gwirion! Un methiant ar ôl y llall! Mi wyddost beth yw'r gosb am fethiant!"

Daeth dwy gath anferth i'r golwg a gafael yn Capten Crafanc, a'i lusgo o'r stafell dan gicio a chrïo. Roedden nhw ar fin mynd trwy'r drws pan ...

"ARHOSWCH!"

Crafodd y meistr ei ên mewn penbleth. "Efallai fod un ffordd y gall y llipryn yma wneud yn iawn am ei gamgymeriadau, ac achub ei groen."

"Doedd Penci ddim isio i mi ddweud dim. Paid â phoeni amdano fo," sibrydodd Sali.

Edrychodd Penci'n flin ar Celt cyn troi at Sali. "Mae hwn yn syniad gwael iawn," meddai dan rwgnach.

"Mae'n well iddo wybod y gwirionedd," meddai Sali. "Dwi'n siŵr y gwnaiff o gadw'n dawel pan fydd o'n deall pa mor bwysig ydi cadw'r cyfrinachau."

"Cadw'r cyfrinachau?!" chwarddodd Penci. "Meddai'r un sydd newydd eu rhannu i gyd â rhyw gi drain! Beth petai o'n eu rhannu hefo pawb pan fydd o'n gadael?" gofynnodd gan bwyntio pawen at Celt.

Aeth pawb yn dawel. Yna dechreuodd Penci biffian chwerthin. "Ti?!"

"Ie – pam ddim?" meddai Celt yn daer. "Be sy'n bod arna i?"

"Pa fath o gi sy'n cael ei herwgipio gan griw o gathod strae? Llwfrgi!" meddai Penci dan gyfarth.

Roedd Celt yn gandryll. Ysgyrnygodd ar Penci trwy'i ddannedd …

"Sioned!" meddai Penci yn flin. "Fedrwn ni byth adael i'r llwfrgi yma ymuno hefo ni!"

"Bydd dawel, Penci," chwyrnodd Sioned. "Ty'd yma a dywed be ddigwyddodd ar y daith."

Roedd Celt yn gegrwth. Edrychodd o'i gwmpas mewn syndod. "Mae hi'n deall be mae Penci newydd ei ddweud! Sut ar wyneb y ddaear?! Mae cŵn yn deall pobl, ond dydi pobl ddim yn deall cŵn. Dydyn nhw ddim digon clyfar i wneud hynny."

Chwarddodd Sioned. "Paid â phoeni, Celt. Penci, dywed i mi sut wnaethoch chi ddwyn yr offer oddi ar y llong ..." Cerddodd Sioned a Penci i ffwrdd.

Trodd Celt at Sali. "Be'n *union* ddigwyddodd ar y daith? Sut wyddoch chi fod y cathod wedi dwyn y llong?"

"Mi wnaeth y gwyliwr nos ffonio'r heddlu a gwylwyr y glannau," esboniodd Sali. "Hefo'r ddyfais yn ein coleri, mi glywson ni'r alwad, a mynd ar ôl y cathod yn y llong gyflymaf yn y byd," ychwanegodd yn falch.

"Ga' i weld y llong?" gofynnodd Celt yn eiddgar.

Chwarddodd Sali. "Dim rŵan. Ty'd i gyfarfod y criw."

"Mi fyddwn i wrth fy modd yn dysgu *taekwondo*!" Pwyntiodd Celt at hen gi Peking yn y gornel. "Pwy ydi o? Ydi o'n cysgu?"

"Dyna'r Meistr Yi Sun Kwan. Fo ydi'r hyfforddwr. A na, dydi o ddim yn cysgu – mae o'n myfyrio."

Chwarddodd Celt. "Y fo? Yn arbenigwr *taekwondo*? Ti'n tynnu fy nghoes!"

"Pam rwyt ti'n dweud hynny?" holodd Sali gan syllu ar Celt.

"Mae o'n hen fel pechod ac yn edrych fel ci sosej!"

Cododd yr hen gi Peking ar ei draed yn urddasol a moesymgrymu o flaen Celt. "Nid maint yw popeth, fy nghyfaill," sibrydodd yn ddoeth. "Da dant rhag tafod, gi byrbwyll."

Prin y gwelodd Celt yr hen gi'n symud, ond ymhen dim roedd Celt yn fflat ar ei gefn.

Cododd Celt yn frysiog ar ei draed a moesymgrymu mor isel ag y gallai. "Mae'n ddrwg gen i, Meistr Yi," meddai. "Wnewch chi fy nysgu, os gwelwch yn dda?"

Syllodd yr hen gi Peking ar Celt yn fyfyrgar. "Efallai," meddai o'r diwedd. "Yn gyntaf, rhaid iti ddysgu sut mae bod yn amyneddgar." Eisteddodd Meistr Yi ar y llawr eto a myfyrio fel petai dim wedi digwydd.

Gwenodd Sali ar Celt. "Ty'd yn dy flaen. Mi awn i weld be sy'n digwydd yn y Stafell Arsylwi."

Cerddodd Sali a Celt i mewn i stafell lawn o sgriniau teledu, cyfrifiaduron, dyfeisiau recordio a thoreth o ddyfeisiau cyfrinachol eraill.

"Tân yn y dre," meddai Fflei, "ond llwyddodd pawb i ddianc yn saff. Ambell ddamwain car, ond neb wedi'i anafu. Rhywrai wedi torri i mewn i siop gemwaith, ond yr heddlu wedi'u dal."

"Mae Crafangfawr yn cadw'n dawel ar hyn o bryd, felly. Dim byd ar ein cyfer ni. Cofia ddal i wrando, Fflei!" meddai Sali.

"Wrth gwrs," atebodd Fflei heb i'w lygaid adael y sgrin.

"Fflei sy'n cadw golwg ar drafferthion y byd," esboniodd Sali wrth iddyn nhw adael y stafell. "Ei swydd o yw gwrando ar y negeseuon brys na all neb ond y Cŵn Cyfrwys ddelio â nhw – a chadw llygad ar Crafangfawr, wrth gwrs. Reit, mae'n hen bryd i ti gwrdd â Cena a Gelert."

Edrychodd Gelert i fyny. "Haws dweud na gwneud!" chwyrnodd. "Dwi'n gweithio ar y peiriannau 'ma bob awr o'r dydd, a'r cwbl fedri di a Penci ei wneud ydi mynd a'u malu nhw. Ac wedyn mae gen ti'r wyneb i gwyno pan fydda i'n trio eu trwsio. Paid â bod mor ddiamynedd!" Aeth Gelert yn ôl at ei waith i gyfeiliant sŵn sbaneri a morthwylion yn tincian. "Tria hi rŵan!" meddai.

Pwysodd Cena'r botwm.

Chwarddodd Cena wrth i Gelert ruthro'n ôl at fonet y peiriant.

Syllodd Celt yn gegagored. "Dyna i chi chwip o beiriant." Pwyntiodd at Gelert. "Ai fo wnaeth ei adeiladu o?"

Gwenodd Sali a nodio. "Ie – mae o'n anhygoel. Edrycha ar y rhain – cynlluniau ar gyfer y *Rhodiwr*."

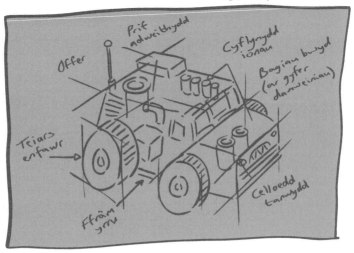

"Ryden ni'n defnyddio'r *Rhodiwr* ar gyfer teithiau lleol," esboniodd Sali. "Ond cofia, ni yw'r Cŵn Cyfrwys. Os yden ni am deithio'n bellach, mae angen cerbydau eraill arnon ni."

Dringodd Cena o'r cab a gwenu'n glên ar Celt. "Mae llawer cerbyd, a dweud y gwir, i'n cario ni dros fôr a thir!"

Chwarddodd Sali. "Be mae Cena yn trio'i ddweud yw bod yr hofrenydd yn gallu cario'r holl offer trwm pan fyddwn ni angen achub rhywun."

"Pa fath o offer?" holodd Celt.

Oedodd Sali am eiliad. "Wel, er enghraifft ..."

Edrychodd Sali'n ddisgwylgar ar Cena. "Be sy gen ti i'w ddweud am hwn?"

"Wel, dyma'r archdennyn, a dyna hen dro. Does gen i ddim gair sydd yn odli â fo."

"Beth bynnag," meddai Sali dan chwerthin. "Ryden ni'n lwcus iawn fod hwn yn dal yma. Roedd o ar y llong pan gafodd ei herwgipio gan Capten Crafanc a'i griw. Fe fyddai Crafangfawr wrth ei fodd yn cael ei bawennau ar hwn."

Syllodd Celt ar yr archdennyn. "Mae'n edrych fel tennyn ci anferth."

"Dyna ydi o, i bob pwrpas," meddai Sali. "Mae'n cael ei saethu fel saeth o fwa, ond mae ganddo glamp cryf ar ei ben – yn union fel coler ci. Mi fedrwn ni dynnu unrhyw beth hefo hwn, wel, bron iawn. Wyt ti isio gweld y ffrisbi?"

Llyfodd Celt ei weflau. "Mi fyddwn i wrth ...", ond clywodd sŵn cyfarth aflafar yn torri ar ei draws dros yr uchelseinydd.

O NA –
DYNA'R LARWM . . .

Neidiodd Celt mewn cyffro. "Be sy'n bod?"
cyfarthodd. "Antur gyffrous i achub rhywun? Ydi
Crafangfawr yn gwneud drygau eto?"

"Gwaeth na hynny," ochneidiodd Sali.
"Swyddog Lles Powel!"

Ychydig eiliadau dryslyd yn ddiweddarach, safai Celt mewn rhes o gŵn yn iard y lloches.

"Be sy'n digwydd?" holodd yn daer.

"Safa'n llonydd," sibrydodd Sali. "Archwiliad ydi o."

Edrychodd Penci arnyn nhw'n flin. "Dim siarad yn y rhes!" ysgyrnygodd. Yna, edrychodd ar hyd y rhes, gan gyfarth "Ten-nyn!"

Ar unwaith, safodd pob ci yn unionsyth gyda'i ffroenau'n uchel yn yr awyr. Gwnaeth Celt yr un peth yn frysiog.

Agorodd y drws a daeth Sioned i mewn i'r iard. Roedd rhywun arall gyda hi.

Wrth i'r swyddog lles gerdded ar hyd y rhes yn gwneud nodiadau, sibrydodd Sali wrth Celt, "Dyna Swyddog Lles Powel. Mae o'n dipyn o niwsans. Dwi'n meddwl ei fod o'n amau bod rhywbeth amheus yn digwydd yma."

"Wel, mae o'n gywir!" meddai Celt dan wenu.

Chwarddodd Sali. "Ydi! Ond fo ydi bòs Sioned, felly mae'n rhaid iddi hi fod yn ofalus yn ei gwmni. Ac wrth gwrs, fedrwn ni ddim achub neb pan fydd o yma."

74

"Beth yw hyn?" gwaeddodd y swyddog lles mewn llais main. "Beth sydd ar drwyn y ci yma, Miss Morus? Mae'n edrych fel grefi!"

Doedd Gelert ddim wedi troi'r ddyfais yn ei goler ymlaen, felly wnaeth y swyddog lles ddim deall yr un gair. Camodd y swyddog lles yn ôl mewn ofn. "Mae o'n chwyrnu arna i! Fe glywsoch chi – mae o'n chwyrnu a chyfarth!" Gwnaeth nodyn ar ei bapur.

Syllodd Sioned yn flin ar Gelert. "Dwi'n siŵr nad oedd o'n bwriadu gwneud, Syr."

Ysgwydodd y swyddog lles ei fys yn awdurdodol ar Sioned. "Rydych yn gwybod beth yw'r rheolau!

Dim gormod o fwythau yn y lloches hon! Yn enwedig i gŵn sy'n chwyrnu ar bobl! Dim ond dŵr a bisgedi sych i'r rhain, felly!"

"Nid Fflei ydi hwnna!" sibrydodd Celt. "Ble mae o?"

"Hisht!" meddai Sali. "Fedrith o ddim gadael ei sedd yn y Stafell Arsylwi, felly ryden ni wedi gwneud Fflei ffug ar gyfer y swyddog lles!"

Roedd yr archwiliad yn cymryd amser maith, a dechreuodd Celt deimlo'n benysgafn. Ymhen hir a hwyr, llwyddodd Sioned i gael gwared ar y swyddog lles, a gollyngodd Celt ochenaid o ryddhad. Ond yna, clywodd Celt sŵn cyfarth aflafar unwaith eto o bob cyfeiriad.

"Dyma recordiad o'r neges argyfwng," meddai Fflei.

"*Mayday, mayday!*" Atseiniai'r llais ofnus drwy'r Orsaf Fawr. "*Llong* Y *Forgath sydd yma! Rydym ar fin cael ein herwgipio gan griw o ga-aaaaa ...!*"

"Be ydi ca-aaaaa?" gofynnodd Celt.

"Roedd o'n trio dweud 'cathod'," atebodd Sali'n biwis. "Criw Crafangfawr eto. Rhaid eu bod nhw wedi neidio arno fo wrth iddo ffonio."

"O, ie," meddai Celt yn bwdlyd.

"Mi ges i fwy o fanylion drwy wrando ar alwadau ffôn symudol o'r llong," meddai Fflei. "Mae'n ymddangos fod Capten Crafanc a'i giwed wedi meddiannu'r *Forgath* ac yn lladrata eiddo o'r cabanau."

"Capten Crafanc," chwyrnodd Penci. "Rhaid bod Crafangfawr yn gyfrifol am hyn."

"Nid dyna'r cyfan," meddai Fflei. "Maen nhw wedi dinistrio'r cyfrifiadur sy'n gyfrifol am reoli llwybr ac injan y llong. Mae'n amhosib ei llywio ac mae hi'n teithio'n eithriadol o gyflym."

"Rhaid inni stopio'r llong!" gwaeddodd Sioned. "Y Morfa Mawr ydi'r traeth mwyaf poblogaidd ar Ynys y Cŵn. Mi fydd yn llawn dop o bobl ar eu gwyliau."

Edrychodd Sali mewn ofn. "Pan fydd *Y Forgath* yn taro'r traeth, bydd yr injan yn ffrwydro a bydd yn dinistrio popeth. Mi fydd pawb – y bobl ar y traeth a'r teithwyr ar y llong – yn ffrwydro'n yfflon. Rhaid inni eu hachub nhw!"

Ysgwydodd Gelert ei ben. "Does dim gobaith caneri. Does dim pwrpas trio."

Syllodd Sali'n flin ar Gelert. "Gelert, pam wyt ti mor negyddol o hyd? Mi fedri di hedfan at y llong a diffodd yr injan. Mae pawb yn gwybod dy fod yn athrylith."

"Efallai 'mod i'n athrylith," cyfarthodd Gelert, "ond fedra i ddim newid deddfau ffiseg! Dwi'n gwybod sut mae'r injan niwclear yn gweithio. Mae'n cymryd dwy awr i'w diffodd, ac fe fydd y llong yn taro'r ynys ymhen un awr."

Yn y cyfamser, yn bell iawn i ffwrdd, roedd Canthrig yn moesymgrymu gerbron ei feistr dieflig.

FY MEISTR, MAE CAPTEN CRAFANC YN GALW.

Gwasgodd Crafangfawr fotwm cudd ar ei orsedd, gan droi mewn hanner cylch.

Goleuodd llygaid y meistr wrth glywed y newyddion da. "Wyt ti wedi ufuddhau i'm gorchmynion?"

"Pob un wan jac, fy meistr. I'r manylyn olaf," meddai Capten Crafanc yn falch.

"Rhagorol," meddai Crafangfawr dan wenu, ac aeth y sgrin yn dywyll. Pwysodd yn ôl ar ei orsedd gydag ochenaid o ryddhad.

"Edrych ar faint fy nyfeisgarwch, Canthrig,"
sibrydodd Crafangfawr. "Mae Capten Crafanc wedi
gosod trap ar y llong. Pan fydd y Cŵn Cyfrwys yn
ceisio achub y llong, bydd yr injan yn ffrwydro a
bydd y Cŵn Cyfrwys yn hen hanes!"

Moesymgrymodd Canthrig eto. "Fy meistr, mae
eich athrylith ddieflig yn ddi-ben-draw."

Neidiodd Crafangfawr oddi ar ei orsedd mewn
llawenydd.

Syllodd Penci'n benderfynol ar y gweddill. "Reit – dyma'r cynllun. Rhaid i ni ddefnyddio'r *Penfras* i wthio'r *Forgath* rhag iddi daro'r Morfa Mawr."

"Amhosib," meddai Gelert dan wgu. "Dydi'r *Penfras* ddim yn llong ddigon cryf i wthio llong fawr fel *Y Forgath*."

"Fedrwn ni achub y teithwyr o'i bwrdd yn yr hofrenydd?" awgrymodd Sali.

Ysgwydodd Gelert ei ben. "Does dim digon o amser.

A be am y bobl ar y Morfa Mawr? Fyddai ganddyn nhw ddim gobaith."

Cododd Celt ei bawen.

"Esgusodwch fi," meddai. "Mae gen i syniad."

"Wnaeth neb ofyn i ti," ysgyrnygodd Penci.

RHO GYFLE IDDO FO, PENCI.

"Dwi'n meddwl y dylen ni wrando ar yr hyn sydd gan Celt i'w ddweud," meddai Sioned yn garedig. "Wel, Celt?"

Edrychodd Celt o'i gwmpas yn bryderus cyn dweud mewn llais crynedig, "Wel, mi o'n i mewn sioe gŵn unwaith ..."

Syllodd Penci arno. "Sioe gŵn? Pa gystadleuaeth?"

Oedodd Celt. "Y ci hefo'r gynffon fwyaf llipa."

Dechreuodd Penci biffian chwerthin. "Beth bynnag," meddai Celt yn frysiog, "roedd y sioe mewn neuadd ddawns ac roedd y llawr yn llithrig iawn. Roedd un ddynes yno hefo ci bach. Roedd hi'n mynd ag o i'w arddangos i'r beirniaid, ond pan safodd hi'n llonydd, methodd y ci â

stopio gan fod y llawr mor llithrig."

Agorodd Penci ei geg led y pen! "Be 'di pwrpas y
stori ddiflas 'ma?"

"Dim ond meddwl," meddai Celt, "pan ddangosodd
Sali yr archdennyn i mi ..."

"Wrth gwrs!" meddai Sali mewn cyffro. "Mae Celt
wedi cael syniad gwych!"

Aeth Sali yn ei blaen. "Felly, bydd yr archdennyn
yn tynnu'r llong o gwmpas yr ynys fel ci o gwmpas ei

berchennog. Mi fydd hynny'n cadw'r llong oddi wrth
y Morfa Mawr. Mi ddylai hynny roi digon o amser i
Gelert a Cena ddiffodd yr injan!"

Dawnsiodd Cena mewn llawenydd. "Da iawn, Celt
– chwip o syniad! Bydd y llong yn saff mewn eiliad!"

"Reit!" meddai Penci'n awdurdodol.

Edrychodd Penci ar Fflei. "Be ti'n feddwl?"

"Ewch â fi ar y llong," cyfarthodd Fflei yn llawn bwrlwm, "ac mi wna i ymladd y cathod ar fy mhen fy hun! Neu mi fedra i hedfan yr hofrenydd! Neu mi fedra i sortio'r archdennyn! Neu beth am ..."

"Mae'n ddrwg gen i, Fflei," meddai Sioned yn dawel. "'Mae dy angen di yma i gadw golwg ar bethau."

Syrthiodd gwep Fflei. "O. Pam nad ydw i byth yn rhan o'r hwyl?"

MI FYDDA I ANGEN HELP I SORTIO'R ARCHDENNYN ...

MI FEDRA I WNEUD!

Edrychodd Penci'n oeraidd ar Celt. "Dwi wedi dweud unwaith."

"O, ty'd yn dy flaen, Penci," erfyniodd Sali. "Chwarae teg – syniad Celt ydi o, ac mae arnon ni angen help."

"Mae Sali'n iawn," cytunodd Sioned. "Mi gei di helpu, Celt." Neidiodd Celt mewn cyffro.

"Ocê 'te," chwyrnodd Penci. "Mae'n amser rhyddhau'r Cŵn Cyfrwys!"

"I ble mae'r twnnel yn arwain?" holodd Celt.

Crychodd Sali ei thrwyn. "I'r brif garthffos. Dyna sut dwi'n medru gadael heb gael fy ngweld. Mae'r garthffos yn arwain yr holl ffordd i'r bae."

"Ydech chi'n mynd i fod mor ara deg â hyn drwy'r dydd?" holodd Penci'n bigog. "Brysiwch!"

Brysiodd Sali a Celt i'w seddi.

PAWB YN BAROD?

Edrychodd Celt yn ofnus. "Oes raid i ni fynd trwy'r garthffos hefyd?"

Trodd Sali yn ei sedd a wincio ar Celt. "Na. Ryden ni'n mynd yn syth o'r lloches."

"Ond be os bydd rhywun yn ein gweld ni?"

"Paid â phoeni, Celt. Wyt ti wedi sylwi fod y lle 'ma'n niwlog iawn weithiau?" Nodiodd Celt. "Wel ... ni sy'n gwneud y niwl!"

Siaradodd Sali i mewn i'w microffon. "Hofrenydd i Fflei. Ryden ni ar ein ffordd. Fflei – gawn ni 'chydig o niwl, os gweli di'n dda?"

Gwaeddodd Celt mewn cyffro. "Dyma ni'n mynd – fy nhaith gynta! Ffwrdd â ni!"

Roedd Celt yn troi a throsi'n ei sedd, yn ceisio edrych drwy bob ffenest ar yr un pryd. "Ryden ni'n hedfan!" bloeddiodd.

"Wel, yden siŵr ..." meddai Penci'n syrffedus.

"Mae'n ddrwg gen i – rwyt ti wedi hen arfer hefo hyn," meddai Celt, "ond dydw i erioed wedi hedfan o'r blaen!"

Estynnodd Sali am y botwm wrth ei phawen dde.

Cyn pen dim roedd yr hofrenydd wedi arafu unwaith eto. "Os ydi fy mathemateg i'n gywir, yna mi ddylen ni fod uwchben *Y Forgath* rŵan," meddai Sali.

Nodiodd Sali. "Mae Ynys y Cŵn gerllaw. Does 'na ddim llawer o amser ar ôl."

"Ocê," meddai Penci'n frysiog. "Pawb i wneud ei waith!"

I LAWR Â NI!

Glaniodd Celt yn glewt ar yr ynys. Roedd yn teimlo'n simsan – roedd hedfan yn yr hofrenydd wedi bod yn hwyl, ond braidd yn ddychrynllyd.

Tynnodd Celt ei hun yn rhydd o'r winsh. "Ocê, Sali – wedi cyrraedd," dywedodd dros y radio. "Ryden ni'n mynd i sortio'r archdennyn."

"Ocê," atebodd Sali, a'i llais yn swnio'n fain. "P.E.R.O."

"P.E.R.O? Be mae hynna'n feddwl?" holodd Celt.

"Mae'n golygu 'ocê'," atebodd Penci, gan agor ei focs tŵls. "Diolch byth bod 'na graig gadarn yma. Rhaid cael rhywbeth cryf i ddal y clamp."

GAFAELA DI YN YR ARCHDENNYN TRA BYDDA I'N EI OSOD YN EI LE HEFO'R GWN BOLTIAU.

Ufuddhaodd Celt i orchmynion Penci, ond roedd sŵn y gwn yn gwneud iddo neidio bob tro roedd Penci'n ei danio wrth angori'r archdennyn yn y graig.

Rhoddodd Penci y gwn i'r neilltu. "Rŵan, pasia'r clipiau crocodeil yna."

"Crocodeil? Ble?!"

"Nid crocodeil go iawn, y ffŵl gwirion," meddai Penci'n ddiamynedd. "Y clipiau danheddog yna."

"O, wela i," atebodd Celt.

"Dyna ni," meddai Penci. "Mae'r archdennyn yn barod." Clywodd neges ar ei radio.

"Fflei i Penci!" Roedd llais Fflei yn swnio'n bell i ffwrdd ac yn niwlog. *"Mae Gelert ar ei ffordd. Mae o a Cena ar y llong."*

"Mi wnawn ni'n gorau," meddai Penci. "Mae'r archdennyn yn ei le, ac mi fydd yn cael ei danio unrhyw funud."

Roedd Celt ar bigau'r drain. "Be ga' i wneud?"

Edrychodd Penci arno'n sarrug. "Ti? Cadw allan o'r ffordd a phaid â chyffwrdd dim byd. Fedrwn ni ddim fforddio gwneud camgymeriad."

Ar y gair, trodd Penci ar ei sawdl, heb weld ei focs twls ...

Mewn panig, gafaelodd Celt yn radio Penci. "Sali? Sali! Mae Penci wedi baglu ac mae o'n anymwybodol! Be ddylwn i ei wneud?"

Doedd dim ateb am ychydig, yna dywedodd Sali, *"Gwranda, Celt. Rhaid i mi yrru'r hofrenydd. Fedra i ddim glanio ar yr ynys – mae'n llawer rhy greigiog. Does dim ond un peth amdani."*

Roedd Penci'n dal yn anymwybodol ar y llawr. Roedd popeth yn dibynnu ar Celt bellach. "Ond fedra i ddim!" udodd.

"Wrth gwrs y medri di," meddai Sali'n garedig. *"Mi welais i pa mor dda oeddet ti hefo'r ffrisbi a'r bêl-fasged. Mae gen ti ddawn."*

"Ond nid gêm ydi hon!" atebodd Celt. "Os ydw i'n methu, mi fydd popeth ar ben!"

"Gwranda, Celt. Y cwbl sydd raid i ti ei wneud ydi taro'r llong hefo'r magnet sydd ar yr archdennyn. Mi fydd hynny'n tynnu'r llong i ffwrdd oddi wrth y Morfa Mawr ac yn achub pawb. Dwi'n siŵr y medri di wneud hynny."

Anadlodd Celt yn ddwfn wrth geisio anelu'r archdennyn. Yn sydyn, daeth *Y Forgath* i'r golwg. "Dwi'n gweld y ll-ll-llong!" gwaeddodd Celt yn grynedig.

"Paid â phoeni," meddai Sali dros y radio, a'i llais fel melfed.

Ond doedd dim yn tycio. Roedd pawennau Celt fel dwy ddeilen simsan wrth iddo geisio anelu'r archdennyn at y llong. Edrychodd drwy'r sbienddrych unwaith eto. Beth petai o'n methu? Roedd yr annel yn edrych yn gywir, ond eto ...

"Cymer dy amser, Celt," meddai Sali. *"Pwyll pia' hi."*

Safodd Celt yn gadarn. Roedd hi'n amser i danio.

"O wel," sibrydodd, "dyma ni'n mynd ..."

Gwasgodd y botwm.

Ond wnaeth Sali ddim cynhyrfu. *"Paid â phoeni, Celt. Cofia fod y llong yn symud. Rhaid i ti anelu 'chydig o'i blaen, a 'chydig yn uwch."*

"Ond dwi wedi methu!" udodd Celt yn druenus. "Mae'n rhy hwyr."

"Na, dydi hi ddim yn rhy hwyr," meddai Sali. *"Tynna'r rhaff i mewn a thria eto."*

Pwysodd Celt fotwm arall, a saethodd y rhaff yn ôl fel neidr.

"Gwranda, Celt." Roedd llais Sali'n fwy difrifol y tro hwn. *"Mi fydd y llong yn rhy bell yn fuan iawn. Un cyfle arall sy gen ti."* Rhewodd Celt mewn ofn. *"Ond dwi'n siŵr na wnei di fethu'r tro yma."*

Glaniodd y magnet yn ôl wrth draed Celt. Anadlodd yn ddwfn. Dyma'r cyfle olaf – y cyfle olaf un. Ceisiodd gofio cyngor Sali. Anelu 'chydig o

flaen y llong, a 'chydig yn uwch. Craffodd Celt
drwy'r sbienddrych. Roedd y llong yn hwylio i
ffwrdd yn gyflym. Doedd dim llawer o amser
ganddo.

Gwasgodd y botwm.

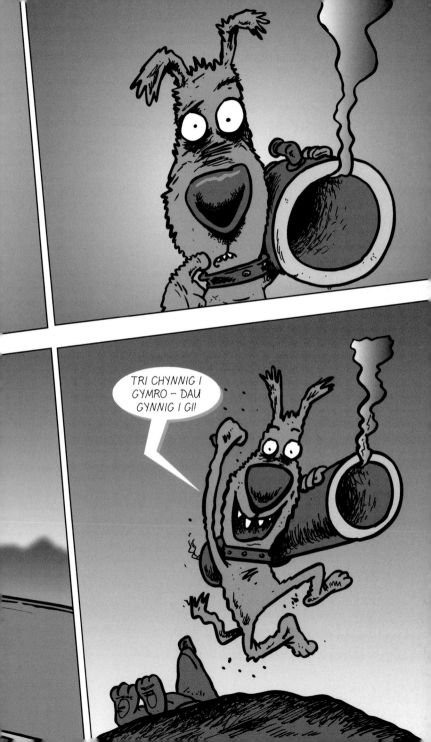

"*Celt – ti wedi llwyddo!*" cyfarthodd Sali mewn gorfoledd.

Cododd Celt y radio at ei glust. "Do, am wn i!" meddai'n falch.

"*Mae'r llong yn troi!*"

"Ydi, ond ..." Edrychodd Celt yn ofnus ar yr archdennyn. "O na ..."

Ochneidiodd Celt. "Rŵan ti'n dweud hyn wrtha i?!"

"Taw rŵan, Celt! Mae gen i ddigon o waith i'w wneud heb i ti fod yn cyfarth yn fy nghlust!"

Daliodd Celt ei anadl wrth i'r archdennyn wichian wrth geisio dal pwysau'r llong. Ond roedd pethau'n edrych yn dda. Croesodd Celt ei bawennau.

Ond yna ...

Edrychodd Celt mewn arswyd. "Sali, Sali!" gwaeddodd yn daer. "Mae'r llong wedi torri'n rhydd!"

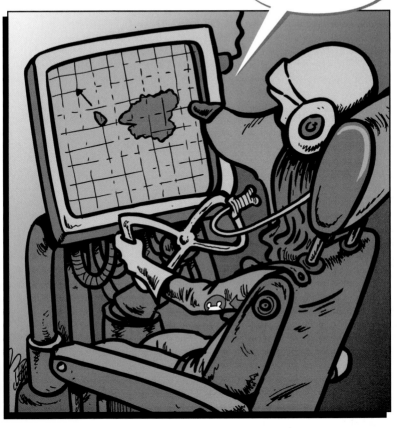

"Mae'r archdennyn wedi gwneud digon i symud y llong," esboniodd Sali. "Wnaiff hi ddim taro'r Morfa Mawr – mae hi'n hwylio am y môr mawr. Mi fydd gan Gelert a Cena ddigonedd o amser i ddiffodd yr injan rŵan."

Ochneidiodd Celt mewn rhyddhad. "Diolch byth am yr archdennyn!"

"Na," meddai Sali. *"Diolch byth amdanat ti!"*

Gwenodd Celt, cyn syrthio'n fflat ar y llawr.

Wrth i Celt dynnu'r rhaff i mewn am yr ail dro, gwelodd yr hofrenydd uwch ei ben. Yn sydyn, agorodd Penci ei lygaid.

Gafaelodd Celt yng nghoes Penci i'w helpu. Edrychodd Penci o'i gwmpas mewn penbleth. "Mae 'mhen i'n teimlo fel rwdan!" meddai dan rwgnach. Yna cofiodd am y llong. "Rhaid i ni achub y llong!"

"Ym ..." mentrodd Celt. "Dwi wedi gwneud hynny'n barod."

Syllodd Penci arno. "Ti?!"

"Hei, fechgyn!" meddai Sali dros uchelseinydd yr hofrenydd. *"Peidiwch â sefyllian yn rhy hir – cofiwch fod cathod Crafangfawr wedi dianc yn eu cathamaran."*

"Reit," cyfarthodd Penci yn bigog. "Gollynga'r winsh i lawr." Dechreuodd agor y clipiau oedd yn angori'r archdennyn i'r graig.

DOES DIM AMSER I DDATOD HWNNA!

Edrychodd Penci'n filain ar Celt. "Gwranda'r
llwfrgi," chwyrnodd. "Efallai mai ti ydi arwr y dydd,
ond cofia mai fi ydi'r bòs. Rŵan, helpa fi i gario hwn
yn ôl i'r hofrenydd – mae arnon ni ei angen os yden
ni am stopio Capten Crafanc a'i giwed."

"Ocê," meddai Celt, a'i gynffon rhwng ei goesau.

Ymhen ychydig funudau, roedd yr archdennyn yn
ôl ar yr hofrenydd. Aeth Celt a Penci i'w seddi, a
throdd Sali'r hofrenydd i gyfeiriad y cathod.

Cyfarthodd Celt mewn cyffro. "Dyna nhw!"

Gwenodd Penci. "Mi ddangoswn ni iddyn nhw
unwaith ac am byth!"

Dechreuodd Crafangfawr hisian yn flin wrth i wyneb Capten Crafanc ymddangos ar y sgrin. "Be sy'n bod rŵan?!"

"Be?!" Syrthiodd pawennau'r meistr dieflig ar ei orsedd fel gordd. "Y ffŵl gwirion! Mi o'n i'n meddwl bod y cynllun yn gweithio!"

"Mi oedd o!" udodd Capten Crafanc.

Ysgyrnygodd Crafangfawr trwy'i ddannedd. "Ond eto, dydw i ddim wedi clywed am unrhyw ffrwydrad. Wyt ti'n dweud wrtha i nad ydi'r *Forgath* wedi'i dinistrio, a bod y Cŵn Cyfrwys wedi llwyddo i ddianc?"

"Fe wnaethon ni ein gorau, fy meistr."

Roedd Crafangfawr yn gandryll. "Pam mae'n rhaid i mi feddwl am bopeth?! Defnyddiwch y cathapwlt ar y llong!"

Dechreuodd Celt fwmian crïo wrth i fomiau o'r cathapwlt ffrwydro o gwmpas yr hofrenydd, a gwneud iddo ysgwyd yn ffyrnig o'r naill ochr i'r llall.

DALIWCH YN DYNN!

"Paid â phoeni," meddai Penci. "Mi wn i be i'w wneud. Sali, dos â'r hofrenydd uwchben y cathamaran ac agora'r drws llwytho."

Tawelodd crïo Celt. "Dwi'n deall! Dyna pam roeddet ti isio'r archdennyn, ie?"

"Os ydi o'n gweithio ar longau mawr," meddai Penci, "yna mae'n siŵr o weithio ar gwch bychan fel y cathamaran."

Chwarddodd Sali. "Ar eu holau nhw, bois!"

Erbyn i Gelert a Cena gyrraedd yn ôl ar *Y Penfras*, roedd y parti dathlu wedi hen gychwyn.

"Gelert, ti'n wych!" meddai Sali. "Dim ond ti fyddai wedi gallu diffodd yr injan!"

"Mae gan Gelert ddawn ac aeth popeth yn iawn," cytunodd Cena.

"Do," meddai Gelert, "ond mae'r diolch i gyd i rywun arall." Estynnodd ei bawen i Celt.

"Diolch byth bod popeth yn iawn," gwenodd Sioned. "Mae'r Morfa Mawr yn saff, mae'r *Forgath* yn dychwelyd i'r porthladd i gael ei thrwsio ac mae Capten Crafanc a'i giwed ddieflig yn saff yn y carchar."

"Penci?" meddai Sali. "Wyt ti wedi anghofio dweud rhywbeth?"

"Ym … do," atebodd Penci'n araf gan droi at Celt. "Mae'n ddrwg gen i, Celt. Mi o'n i wedi meddwl mai llwfrgi oeddet ti, ond ro'n i'n anghywir. Felly, dwi wedi gwneud hon i ti."

Gwichiodd Celt mewn cyffro. Wyddai o ddim beth i'w ddweud. Neidiodd i mewn i'w wisg newydd, ac estynnodd Sioned am ei chamera.

"Pawb at ei gilydd i gael llun!" meddai Sioned. "Tasg arall wedi'i chwblhau'n llwyddiannus! Ac aelod newydd i'r Cŵn Cyfrwys!"

"Ie wir," cytunodd Sali. "Ond tybed faint o lonydd gawn ni gan Crafangfawr?"

Ben Bril a'r Ninja yn y Ddinas

Draw yn y Ddinas Ddiwyd, mae Brochfael yn defnyddio'r teledu i droi pob dewin yn y byd yn was iddo.

Gyda chyfrinachau ac arian y dewiniaid, ni all neb ei atal! Ar ben hyn, mae o wedi cipio Sgilti.

Tybed a all Ben Bril achub ei ffrind ac atal Brochfael rhag rheoli'r byd?

Ben Bril a'r Ddinas Ddirgel

Mae problem yn y Ddinas Ddirgel – mae pobl yn diflannu ac yn dod i'r golwg ym mhobman!

Ond nid yr un bobl yw'r rhai sy'n diflannu a'r rhai sy'n dod i'r golwg. Mae hwn yn ddirgelwch i Ben Bril!

Yn y Dyffryn Dirgel, mae' na ddrws i'r Ddinas Ddirgel, ac mae'n rhaid i Ben Bril a Sgilti ddod o hyd Iddo fo.

Ond yna mae'r trafferth yn cychwyn go iawn …

www.atebol.com

Branch	Date
TS	1/14